實戰推理系列

SHERLOCK HOLMES

斯

──── M先生的寶藏 ────

Sherlock
Holmes

SHERLOCK HOLMES

大偵探
福爾摩斯
SHERLOCK HOLMES
實戰推理系列
———— M先生的寶藏 ————

實戰推理短篇

決戰海盜王

唐小斯的故事

在一個**風和日麗**的日子，化身成私家偵探桑代克的唐泰斯來到聖殿碼頭。

他站在一張正在**晾曬的魚網**旁邊，眺望着在海面上*穿梭*的船隻，心想：

「小鷹和金丑已出海兩天了，不知道刺探到甚麼情報呢？」

「喂！新丁**3**號！你來找我嗎？」

一個調皮的聲音打斷了他的思路。但用不着回頭看，也知道喊話者是**猩仔**。

「當然不是。你為甚麼會在這裏？沒找夏洛克玩嗎？」

猩仔的爺爺李船長在港務局工作，桑代克早已估計有可能碰到猩仔，但沒想到真的碰上了。

「我在找**案件**啊！」猩仔一臉認真地說。

「找案件？」

「**少年偵探團G**最近沒遇上案件，你說怎麼辦？」

「沒案件即是天下太平，不是更好嗎？」

「哎呀，當然不好啦！會悶死人呀！」猩仔說到這裏，忽然兩眼一閃，「對了，新丁3號，你做偵探這麼久，一定遇過很多有趣的案件吧？可說給我聽聽嗎？」

「案件關乎客人的機密，又怎可隨便說給你聽。」桑代克一口拒絕。說到底，私家偵探只是個偽裝的身份，他根本沒有甚麼案件可以分享。

「說吧～說吧說吧說吧～～說給我聽聽吧～～我想聽呀～說吧～說吧說吧說吧～說給我聽吧～

我想聽呀～」猩仔在桑代克耳邊高唱。

「哎呀，別再唱了！太煩人了。」桑代克一手扯下魚網，把它蓋到猩仔頭上。

可是，猩仔仍不放棄，在魚網中繼續**手舞足蹈**地高歌：「你～不說～我就一直唱下去～去去去～」

桑代克被猩仔的**死纏爛打**逗樂了，只好笑道：「算啦，我輸了，就說一個關於**海盜的故事**給你聽吧。」

「海盜？」猩仔慌忙從魚網中鑽出來。

「**事先聲明**，這個故事是聽來的，不知道是不是真的啊。」

「不要緊，快説吧！」

「那是一個發生在很久之前的故事，主角的名字叫唐泰斯。不，我記錯了，他應該叫唐小斯……」就在這時，一陣汽笛聲從海面傳來，桑代克不禁抬起頭來往海面看去。他看着激灩的波浪，心中不禁泛起陣陣漣漪，當年那一幕幕的景象又重現眼前。

海盜王愛德華

唐小斯是漁民出身，他被朋友陷害入獄，在**煉獄島**坐了幾年牢。後來，幸得**高人相助**逃出生天，並流落到一個荒島。他在島上看到**畢生難忘**的落日時，更興奮得流下熱淚。可是，當冷靜下來後，他就要在**野外求生**，想辦法活下來。

「先拾一些柴枝生火吧。」唐小斯口中呢喃。

隨着**太陽西下**，氣溫逐漸下降，渾身濕透的他趕忙**鑽木取火**，燃點了一些撿來的乾柴取暖。

把衣服弄乾後，他已感到**饑腸轆轆**。幸運的是，島上有茂密的樹林，輕易就可找到野果**充饑**，暫時解決了飲食的需要。

就是這樣，他好不容易地捱過了兩個星期，終於看到**一支船隊**經過。

「是船！太好了！」唐小斯慌忙點燃早已堆好的**枯枝和樹葉**，以濃煙吸引船隊的注意。

「**喂！救命呀！救命呀！**」他拚命揮動自己弄的破

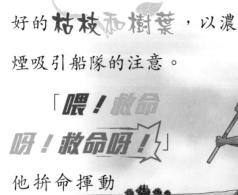

布旗大叫。不多久，船隊好像看到了**黑煙**，緩緩地往小島的方向駛來。

「啊！得救了！得救了！」唐小斯**興奮莫名**，他又蹦又跳地高呼，「這裏呀！我在這裏呀！」

不一刻，船隊在海面上停了下來，並放下了一隻小艇。

「唔？」唐小斯定晴一看，發現船上高高地掛着一面黑色的旗，上面的標誌竟是一個**骷髏頭**！

「啊……那……難道是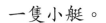？」他赫然一驚。

「怎麼辦？要逃嗎？可是，這只是個小荒島，能逃到哪裏去？而且，錯過了這次機會的

話，不知何時才有船經過。」唐小斯知道自己別無選擇，於是下定決心——**無論遇到甚麼事，都要回到妻子的身邊**！

小艇逐漸划近，很快就划到沙灘來了。

兩個大漢從小艇跳下來，並叫道：「小子！只有你一個人嗎？來！跟我們走，船長要見你！」兩人**不容分說**，就粗魯地把唐小斯押上了小艇。

半個小時後，唐小斯已在一艘海盜船的甲板上，被十多個**兇神惡煞**的大漢包圍着。

「船長來了，讓開！」忽然，一個**銅鈴般的聲音**傳來。一眾大漢隨即讓出了一條路。

唐小斯抬頭望去，只見一個**眼神凌厲**的男人**威風凛凛**地走到他的面前，其身後則跟着一個藍髮少年及兩個一黑一白的八呎巨漢。

那男人身穿紅色長袍，頭戴深藍色船帽，腰間掛着**5把火槍**，臉上蓄着金灰色的長鬍子，盡顯**霸氣**。

唐小斯心頭一顫。漁民出身的他對海盜的事跡**耳熟能詳**，他可以肯定——眼前這個男人就是**稱霸四海**的「海盜王」**愛德華·帝切**！

「愛德華·帝切！那個傳說中的**海盜王**？」猩仔高呼大叫，打斷了桑代克的憶述。

「沒錯，就是那個愛德華。你也聽過他的大名？」桑代克問。

「爺爺說過他**名震江湖**，不論黑白兩道一聽到他的名字都會**聞風喪膽**！」猩仔興奮地說，「據說他的主力戰船**安妮女王復仇號**配備了40門大炮，在海上

所向披靡，未嘗一敗。」

「的確，這也是人們稱他為海盜王的原因。」

「不過，爺爺也說——」猩仔**煞有介事**地一頓，然後模仿李船長的粗嗓子說，

「他再厲害都不是俺的對手！」

「哈哈哈！論**自信和面皮的厚度**，確是沒人

能勝過你兩爺孫呢。」桑代克不禁失笑。

「那個唐小斯見到海盜王之後又怎樣了？」猩仔問。

「之後可**驚險**了……」

15

「海盜王愛德華・帝切……！」唐小斯衝口而出。

「哈哈哈，你認識俺嗎？」愛德華高興地笑道，「俺的名氣也不算太差呢！連一個流落荒島的人也喊得出俺的名字。」

「當然啦！咱們的船長可是海盜王呀！」

「對！海盜王愛德華・帝切！打遍天下無敵手！」

「打遍天下無敵手！」

海盜王 愛德華

海盜們的吶喊聲**此起彼落**。

唐小斯被嚇得**臉色刹白**，不知如何是好。

突然，愛德華狠狠地盯着唐小斯，問道：

「説！為甚麼你會在那無人島上？」

「我……我遇上了**海難**。」唐小斯編了個謊話。

「海難？俺可沒聽過附近發生海難。」愛德華投以懷疑的目光，「你有帶着甚麼**財寶**嗎？」

「我只是個窮漁民，**身無分文**。」

「是嗎？」愛德華轉過身去，向黑白巨漢擺擺手説，「把他丟下海**餵鯊魚**吧！」

「**遵命！**」黑白巨漢齊聲應道。

「等等！請等等！」唐小斯慌了，「我是漁

民，懂得捕魚，也懂得維修船隻。」

「哇哈哈！這些咱們都懂得啊！」海盜們大笑，「多你一個只會浪費米飯呢！」

「聽到了嗎？他們可不想多一張口分薄伙食。」愛德華冷笑。

「但我的腦筋很靈活，一定可以幫上甚麼忙的！」唐小斯急忙說。

「好呀，去幫忙餵鯊魚吧！」愛德華大手一揮，黑白巨漢馬上抓起唐小斯。

「不要呀！」唐小斯慘叫。

可是，海盜們只是在旁哈哈大笑，並沒有人伸出援手。當他被舉到半空，正要被拋出船外之際——

「**且慢！**」一直站在

一旁的藍髮少年忽然喝道，

「船艙裏不是有個**打不開**

的寶箱嗎？讓他試試看，他

打得開的話，就<u>放他一條生路</u>吧。」

「不行！咱們要看鯊魚吃人啊！」

「對！不能讓鯊魚餓肚子啊！」

「收留**不明來歷**的人有危險呀！」

「對！看他那個**傻乎乎**的樣子，又怎懂得

開寶箱！」

　　海盜們的反對之聲此起彼落。

「**別吵！**」海盜王舉

起大手，制止手下説下去。

　　「小鷹，你真的想試

試他？」海盜王瞥了藍髮

19

少年一眼。

「**想！**」名為小鷹
的藍髮少年毅然地應道。

「好、好、好，你開
心就行了。」

「哎呀，船長，你太寵他了。」白巨漢無奈
地放下已被嚇得渾身發抖的唐小斯，並命人
從船艙裏抬出一個寶箱。

「這個寶箱是我們的**戰利品**，本想用斧頭
把它砍開的，但箱子本
身也很特別，把它**砍
爛**太可惜了。
你能把它打開
嗎？」小鷹盯着
唐小斯問。

「待我看看。」唐小斯 **小心翼翼** 地檢查

箱子，他看到箱子下方有 **26個格子**，有些格

子填上了 **紅色或黑色**，有些則刻著 **數字**。

在格子的正下方，更有 **一組四行的英文字**。

此外，寶箱的中央有兩組密碼鎖。左邊的一組

是 **4位數字**，右邊的一

組則是 **5位英文**

字母。

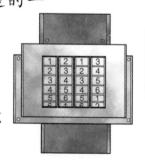

「怎樣？解不

開嗎？鯊魚正在等着吃午餐啊。」小鷹説。

「不⋯⋯解得開的⋯⋯解得開的⋯⋯」唐小斯深深地吸了一口氣，他盯着那些格子**喃喃自語**。

突然，他眼前一亮：「我明白了！這**26個格子就是關鍵**！」

「怎麼了？唐小斯最終能解開謎題嗎？」猩仔心急地追問。

「嘿嘿嘿，想知道嗎？不如你也來試試吧。你若能解開，我才繼續把故事説下去。」桑代克把謎題寫在筆記本上遞上。

「為甚麼要我解？我只是個**聽眾**啊！」

猩仔一手把筆記本推開。

「呵呵，沒想到身為少年偵探團G的團長，竟然會被這麼簡單的謎題難倒呢。」桑代克故意取笑。

「甚麼？我被難倒？開玩笑！」猩仔搶過筆記本細看。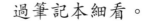

「26個格子……」猩仔看了一會，咧嘴一笑，「哇哈哈，太簡單了，那些格子是代表26個英文字母！」

「答對了。」

「哈哈！我太聰明了！隨口亂說也猜中呢！」

「甚麼？」桑代克氣結，「那麼，你懂得解

開密碼鎖嗎？」

「這麼簡單，當然懂啦。」猩仔搔搔頭，吃吃笑地說，「哈哈……但可以有些提示嗎？」

「又說懂又要提示？究竟你想怎樣？算了，就給你兩個提示吧。」桑代克沒好氣地說，「首先，要解開英文字母的密碼鎖。其次，格子的顏色是關鍵。」

「顏色嗎？三個紅色的格子……RED也是三個英文字母……嗚！」猩仔拚命地想，連面容也扭曲了。

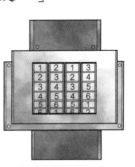

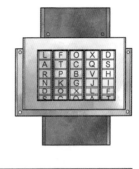

謎題①：試從上圖推理出5位英文字母。

桑代克大
驚，馬上拿出
一隻香蕉
塞到猩仔
的口中：

「你邊吃邊想吧。」

「哇！好吃！」猩仔咬了一口香蕉，馬上靈
光一閃，「難道答案是SNOWY？」

「好厲害，竟然答對了。」桑代克頗為驚
訝。

「甚麼叫『**竟然**』？」
猩仔不滿地說，「我這麼
聰明，應該叫『**理所當
然**』呀！」

「是嗎？那麼，你也理所當然地能解開數字

那邊的密碼吧。」

「那……那當然啦。」猩仔硬着頭皮説。

「我們已經知道26個格子代表英文字母，而那4組英文字母都是**沒有重複**的。」桑代克説，「只要想通4組字母跟26個格子的關連，數字就自然會浮現。」

謎題 ②：試從下面資料推理出4位數字。

									A	B	J	I	Q	R
									L	K	C	D	T	S
				2	3				F	N	V			
		1			4		5		H	G	O	P	X	W

「**ABJIQR**……在格子的哪裏？」猩仔看着筆記本自言自語説，「啊！我明白了！該是**2915**吧？」

「答對了。」桑代克用手指敲一敲猩仔的**腦瓜子**，「想不到你的頭腦並不壞呢。」

「那個 唐甚麼 也答對了嗎?」

「當然啦。」

你能解開寶箱上的兩個密碼鎖嗎?解不開的話,可以在第45頁找到答案。

「解開了。」唐小斯利索地解開了兩個密碼鎖。

小鷹馬上趨前打開寶箱,只見箱內塞滿了 金銀珠寶 ,看得一眾海盜傻了眼。

「他真的很聰明呢。」小鷹向愛德華說。

「哼，只是小聰明罷了，還不夠資格留下來。」

「是嗎？那麼再測試他一下吧。」小鷹想了一想，轉身對唐小斯說，「早前為了決定誰是戰鬥力最強的海盜，我們進行了一場比試。」說完，他望了一眼黑巨漢。

「對，參加比試的共12個人，每人輪流與另外11個人對決，最終比試了59場。」黑巨漢道。

「我和金丑也有參加比試。金丑得到了最強的稱號，我在中途已棄權了。你知道我在第

當場棄權嗎？」小鷹問。

「哈哈，他不在場，又怎會知道？」海盜們聽到小鷹的問題，登時大笑起來。不過，唐小斯心裏知道，小鷹提供的資訊，已足以讓他把答案算出來了。

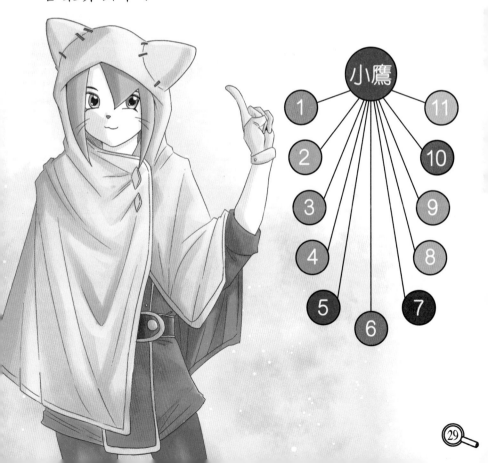

決戰 海盜王

「**算出來了?**怎麼可能?」猩仔驚訝地問。

「其實沒你想像中複雜呀。」桑代克笑道,「我們來整理一次問題看看吧。」

謎題 ③
12個人進行比試,每個人都要輪流跟另外11人對戰。比試途中有1人棄權,因此最後只比試了59場。那麼,棄權的人是於哪一場的比試棄權呢?

「換個説法,假如沒有人棄權的話,要對戰多少場?」桑代克問。

「**12個人**參賽,自己不會與自己比賽,所

以每人只會比試11場……」猩仔數了一會手指，

最後興奮地說，「哈！我知道了。是 66 場！」

「對，但最後只比試了 **59場**，也就是

說……？」

「太簡單了！」猩仔自信滿滿地叫道，

「**66 - 59 ＝ 7**，小鷹是在第7場棄權的！」

「嘿嘿嘿，你腦

筋不壞，但 **太過**

心急，算少了一個

步驟也不知道呢。」

桑代克笑道，「其

實，小鷹

是在 **第4場** 棄權 的。」

「是嗎？哈哈，一時失手

了。那個唐甚麼也答錯了嗎？」

你知道如何算出小鷹
在第4場棄權嗎？算
不到的話，可以在第
46頁找到答案啊。

「很可惜，他不像你那麼心急，輕易就答對了。」

「你是在第4場棄權的吧。」唐小斯說。

「答對了！」小鷹不禁拍手稱讚。

「好厲害！這小伙子有通天眼的嗎？怎麼會知道的？」海盜們無不嘖嘖稱奇。

「既然他這麼厲害，大家不會把他拿去餵鯊魚吧？」小鷹向眾人問道。

「這個嘛……」黑巨漢望向愛德華。

「哈哈哈，既然小鷹為他求情，就讓鯊魚餓一下肚子吧！」愛德華爽快地答道。

「太好了，你不用成為鯊魚的點心了！」

小鷹伸出雙掌擊向唐小斯。

「啊！」唐小斯不知道應如何回應，只好慌忙伸出雙掌對擊。

「**啪**」的一聲響起，本來**嘻嘻哈哈**的一眾海盜隨即呆住了。

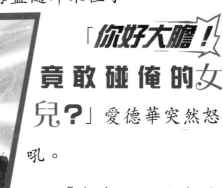

「**你好大膽！竟敢碰俺的女兒？**」愛德華突然怒吼。

「女兒……？」唐小斯赫然一驚，「小鷹是女孩子嗎？」

「沒錯喔。」小鷹**淘氣**地伸出舌頭。

「船長他**愛女成狂**，最討厭別人觸碰小

鷹。」黑巨漢在唐小斯的耳邊說，「這次……你**死定**了。」

「啊……」唐小斯看着海盜王那副殺人的兇相，已被嚇得**面無人**色。

愛德華大聲喝道：「決一勝負吧！如果你贏了，俺就放你一馬。如果你輸了，就自己跳下海餵鯊魚吧！聽着──」

「且慢！」小鷹看到**形勢不妙**，連忙說道，「我們已出題兩次，這次該輪到他出題吧？否則就**太不公平**了，有損爸爸海盜王的威名啊！」

愛德華斜眼看了看小鷹，冷冷地說：「好，這次就由他來出題吧！」

小鷹悄悄地向唐小斯遞了個**眼色**，彷彿在說：「我已盡了力，接着就靠你自己了。」

唐小斯意會，但事出突然，他的腦袋**一片**

空白，霎時間竟想不出甚麼謎題來。

「怎樣？出題呀！」海盜王摸一摸腰間的火槍，以威嚇的語氣說，「不然——」

「啊！」唐小斯冷汗直冒，但同一瞬間，當他看到海盜王腰間的火槍時，腦袋中「叮」的一聲響起。

「船長，你身上不是有**5把火槍**嗎？不如用它們的子彈來玩個遊戲吧。你能否先把子彈全都**退膛**？」

「別給俺**耍花樣**啊。」愛德華以疑惑的眼神看了看唐小斯，然後把5把火槍的子彈都退了膛，在一個大木桶上放了**30顆子彈**。

「遊戲的玩法很簡單。」唐小斯**戰戰兢兢**地說，「這裏有30顆子彈，我們每人輪流拿**1至3顆**，拿到最後一顆的人就算輸。」

聞言，愛德華以**忖度的眼神**看了看唐小斯，又看了看木桶上的子彈，**沉思片刻**後才說：「好！你先拿吧。」

「船長很聰明，後攻可以根據對手拿的數目

來決定自己拿多少。這次船長**贏定**了。」海盜

們**竊竊私語**。

「那麼我先拿了。」唐

小斯只拿了**1**顆子彈。

「哼，怕了嗎？」愛德

華一口氣拿走了**3**顆。

「……」唐小斯無言地又拿起**1**顆。

「唔？不是在耍甚麼**小把戲**吧？」愛德華

不禁生疑。

「豈敢。大家都看着我，我又能弄出甚麼花

樣？」唐小斯說着**攤開雙手**，展示

自己手中的

2顆子彈。

「哼！」

愛德華悶哼

一聲，又拿走了2顆子彈。

「好緊張！那個唐甚麼能勝過海盜王嗎？」猩仔興奮地說。

「不如你來玩玩，看看能否替他**戰勝海盜王**吧。」桑代克提議。

「我嗎？我又不知道海盜王會拿多少顆子彈，怎玩啊？」

「不必知道呀。唐小斯在這一刻已**確信**，他再多拿6次子彈後就 **必勝** 了。」

謎題 ④：假如你是唐小斯，如何在拿取第8次子彈之後取得勝利？

	第1次	第2次	第3次	第4次	第5次	第6次	第7次	第8次
唐小斯拿取的子彈數量	🔹	🔹						
愛德華拿取的子彈數量	🔹🔹🔹	🔹🔹						

「怎樣辦到的？」

「其實這個遊戲是有<u>必勝法</u>的。重點不是你拿多少顆子彈，而是你**拿第幾顆子彈**。」桑代克解釋道，「唐小斯拿了**第1顆**和**第5顆**，接下來他會拿走2顆子彈，也就是**第9顆**子彈。因為，這一切都是有<u>法則</u>的。」

	第1次	第2次	第3次	第4次	第5次	第6次	第7次	第8次
唐小斯拿取的子彈數量	①	⑤	⑧⑨					
愛德華拿取的子彈數量	②③④	⑥⑦						

*子彈上的數字代表第 ? 顆

「甚麼法則？」

「海盜王拿3顆時，唐小斯拿1顆。接着，海盜王拿2顆，唐小斯也拿2顆。它們有甚麼**共通之處**呢？」

「唔……**總數都是4顆**？」

「沒錯，再推

算下去呢？」

「**我搞不懂啊！怎麼辦？怎麼辦？**」
猩仔拚命思索，急得**漲紅了臉**，「嗚……怎麼才能贏啊？」

「算了！算了！不要再想了，讓我繼續說下去吧。」桑代克惟恐猩仔**屁意湧現**，慌忙制止。

「好啊！」猩仔鬆了一口氣。

「很抱歉，承讓了。」唐小斯拿走**第29顆子彈**後說。

「怎麼會……俺輸了？」

愛德華看着木桶上剩下的那一顆子彈，露出了**不可置信**的表情。

「你這小子**出術**吧！」

你也來挑戰一下，看看能否戰勝海盜王吧！怕輸的話，可以在第46頁找到必勝法。

「一定是 出術 ！」海盜們不滿地吼叫。

「怎可這樣賴皮啊！這位大哥贏了，大家就得承認呀！」小鷹站在唐小斯面前，高聲 主持 公道 。

「小鷹，你怎可以幫外人說話。」白巨漢不滿地說。

「這是 幫理不幫親 ！」小鷹 理直氣也壯 。

「都給俺 閉嘴 ！」愛德華怒吼一聲，刹那間，整艘海盜船都靜了下來。

都給俺閉嘴！

「俺輸了。你果然很聰明。」愛德華佩服地說，「今後你

就是**俺的手下**，只要好好地幹的話，就不會成為鯊魚的點心了。不過，**沒俺的命令不能隨便下船**。」

「這……」

「怎樣？不服嗎？」愛德華一邊把子彈裝回火槍之中，一邊說。

「不……沒有。」唐小斯答道。

他雖然想儘快回到妻子身邊，但現在違抗海盜王的命令，有如**以卵擊石**，**權宜之計**只能答允。

「你去**沐浴更衣**吧，我會叫人給你弄一頓好吃的。」小鷹說。

「謝謝你。」唐小斯感激地點點頭。

「謝甚麼！快滾吧！俺警告你，別打俺寶

貝女兒的主意啊！」海盜王舉起火槍「**砰**」地鳴槍一響，嚇得在**空中盤旋**的海鷗也被一轟而散。

「故事完了？」猩仔問。

「還沒完呢。」當桑代克正想繼續説下去時，一陣**濃霧**從海面飄至，他隱隱約約地看到一艘**熟悉的漁船**已逐漸駛近。

於是，他摸摸猩仔的腦瓜子説：「不早了，快回家吧。我也要走了。」

説完，他一個轉身，就往碼頭的另一邊走去。

猩仔呆呆地看着他逐渐**隱沒在濃霧之中**的身影，忽然心想：「桑代克先生口中的那個唐甚麼……好有親切感呢，**難道我在哪兒見過他？**」

解謎篇

謎題①

紅色是RED，黑色是BLACK。根據這些提示，我們可以推算出
26個英文字母的排列方式。然後，只要把數字格子內的英文字
母按數字的順序排列，就能得出答案「SNOWY」了。

A	B	C	D	E	F	G	H	
I	J	K	L	M	N(2)	O(3)	P	
Q	R	S(1)	T	U	V	W(4)	X	Y(5)	Z

謎題②

我們已經從謎題①推理出26個英文字母的排列，接下來只要將
每組字母依次序連起來就可以得到答案「2915」了。

A	B	C	D	E	F	G	H		
I	J	K	L	M	N	O	P		
Q	R	S	T	U	V	W	X	Y	Z

ABJIQR LKCDTS **FNV** HGOPXW

謎題③

12人進行比試，每人都要輪流跟另外11人對戰。	$\begin{array}{r} 12 \\ \times\ 11 \\ \hline 132 \\ \div\ 2 \\ \hline 66 \end{array}$
總比試次數是66場，最後只比試59場。也就是説，尚欠7場沒有比試。	$\begin{array}{r} 66 \\ -\ 59 \\ \hline 7 \end{array}$

小鷹原本要打11場，減去7場，得出小鷹是於第4場比試棄權的。

$\begin{array}{r} 11 \\ -\ 7 \\ \hline 4 \end{array}$

謎題④

這遊戲的必勝法，就是要自己拿到第29顆子彈，為對方留下第30顆子彈。所以，只要取得先攻，並在第1次拿取1顆子彈後，一直保持拿第4顆子彈（假如對手拿1顆，你就拿3顆；對手拿2顆，你就拿2顆；對手拿3顆，你就拿1顆），那麼你必然會拿到第29顆子彈。

例子如下：

	第1次	第2次	第3次	第4次	第5次	第6次	第7次	第8次
唐小斯拿取的子彈數量	1	5	8 9	13	15 16 17	21	24 25	29
愛德華拿取的子彈數量	2 3 4	6 7	10 11 12	14	18 19 20	22 23	26 27 28	30

愛德華拿了3顆子彈。

唐小斯則拿1顆，保持自己拿的是第4顆子彈。

不管愛德華每一局拿多少顆子彈，唐小斯也一定能拿到他想要的紅色子彈。

杜蘭德號

這天，唐泰斯忽然**心血來潮**，想到船上吹吹風，於是化身成桑代克，登上了一艘在泰晤士河航行的渡輪。

渡輪剛開到河中心，身後就傳來了一個聲音。

「新丁**3**號！新丁**3**號！」

「唔？這聲音好熟，難道——」桑代克回頭一看，果然**不出所料**，又是猩仔。

「**豈有此理**，又在跟蹤我嗎？」桑代克怒瞪着猩仔問。

「不是啊！」猩仔慌忙搖頭道，「是爺爺叫我**送信**去對岸的碼頭，我才登上這艘渡輪的。」

「猩仔沒**說謊**，是真的。」這時，夏洛克也從甲板的另一邊跑過來說。

「啊？你怎麼也在這裏？」桑代克訝異。

「猩仔說一個人送信很悶，我就來陪他了。」

「原來如此。」桑代克歎了一口氣說，「本想靜靜地吹吹風，沒想到又被你們破壞了。」

「哎呀，吹風太悶啦，不如吹牛吧！」

猩仔嚷道。

「吹牛？甚麼意思？」

「上次那個海盜王的故事，不就像吹牛嗎？哪有那麼神奇啊！」

「吹牛嗎？嘿嘿嘿，唐小斯的遭遇實在太神奇了，確實有點像吹牛呢。」桑代克笑道，「你們想聽我繼續吹吹牛皮，講講海盜王的故事嗎？」

「想聽！想聽！」猩仔興奮地叫道，「我最喜歡吹牛！不，我最喜歡聽你說故事了！」

「我也想聽呢！」夏洛克也充滿期待地說。

「好吧，就讓我繼續說下去吧。」桑代克靠在欄杆上，迎着冷**颼颼的海風**說，「有一次，海盜王的安妮女王復仇號遇上了**商船杜蘭德號**，為了搶劫商船運載的物資，安妮女王復仇號馬上展開攔截。杜蘭德號慌忙**開足馬力**逃走，可是，它前行的方向卻突然吹來**一陣濃霧**……」

「**船長，前面起霧了！**」杜蘭德號上的大副叫道。

「我知道！但我們必須擺脫海盜王的船！不能減速啊！」船長高聲應道。

黑壓壓的濃霧**如一頭猛獸般撲至**，杜蘭德號也只好*迎頭而上*。

「大家準備！我們要衝進濃霧了！」船長的吼叫剛下，迷霧在剎那間就把整艘船**吞噬**了。幸好，空中的太陽仍能透過濃霧，瀉下一點點**灰灰暗暗的**微光，把周遭照得**若隱若現**。雖然沒有下雨，但在厚厚的霧氣下，船上的人都感到渾身**濕漉漉**的。

「不要鬆懈！注意前方！」船長高聲提醒。

聽到船長這樣說，瞭望員慌忙抓起望遠鏡往船首望去，忽然，一隻**巨大的鬼爪**閃現了一

下，很快又被濃霧蓋過了。

「船長！是**鬼爪岩**！
它就在前方！」瞭望員
不禁驚呼。

「甚麼？」船長
拼命地扭舵，但已經太遲了。

「**轟隆**」一聲響起，一股強烈的震動同時
襲至，船員們紛紛跌倒在甲板之上。

杜蘭德號硬生生地撞在岩礁上，狀如鬼爪的
尖岩就**像利劍似的**戳破了船身。船員們還未
回過神來，海水已湧進船艙，發出
「**嘩啦嘩啦**」的嚇人聲響。

杜蘭德號恍如一頭被戳得**開
膛破肚**的公牛一樣，剎
那間已**返魂乏術**。

「快把救生艇放下海！」船長一聲令下，喚醒了被突如其來的意外嚇得傻楞楞的船員。他們合力把救生艇放到海中，跌跌撞撞地登上小艇後就拼命地划呀划，迅速逃離那艘岌岌可危的杜蘭德號。

「後來怎樣了？杜蘭德號的人能逃出生天嗎？」聽到這裏，猩仔不禁緊張地向桑代克問道。

「他們沒事，最終仍能逃出生天。否則，就沒有人知道他們撞船時的情況了。」

「那麼，海盜王他們呢？」夏洛克問，「他們怎麼了？」

「他們嗎？」桑代克故作神秘地一笑，「他們看到的才是**高潮所在**，不過，你們聽的時候也要自己動動腦筋啊，否則就沒意思了。」

當迷霧散去，安妮女王復仇號發現杜蘭德號時，已**人去船空**。

「愛德華船長！**再三確認**了，那艘商船撞上了鬼爪岩！」瞭望員高聲向海盜王報告。

「**鬼爪岩嗎？**」愛德華眯起眼睛看去，只見一大一小的兩座巨礁聳立在前方，由於形狀有如**兩隻巨大的鬼手指**，人們就將它畏稱為「**鬼爪岩**」。

「派一些人馬過去——」但愛德華還未說

完，一個滔天巨浪撲
至，「嘩啦」一聲捲
起了杜蘭德號，並把
它沖到半空。接着，
它如同隕石急墜似
的，又筆直地墮下，
撞到鬼爪岩的中間去。

　　「轟隆」一下巨響，杜蘭德號迅即化成碎
木，轉眼間就在大海中消失了。但奇怪的是，
它的船頭卻幾乎完好無缺地卡在鬼爪岩上，
並沒有沉到海裏。

　　「糟糕！船上的貨物一
件不剩了！」在愛德華
旁邊的小鷹驚呼。

　　「唔？」愛德華好

像看到甚麼似的，連忙舉起望遠鏡看去。

「怎麼了？」小鷹問。

「嘿嘿嘿，幸好船頭被岩礁卡住了，它前端有個**純金雕製**的**海王波塞冬**船首像，是個**價值連城**的寶物。」

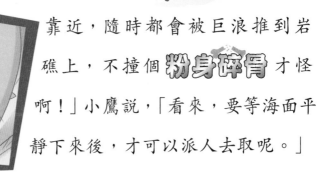

「真的嗎？但現在**波濤洶湧**，船稍為靠近，隨時都會被巨浪推到岩礁上，不撞個**粉身碎骨**才怪啊！」小鷹說，「看來，要等海面平靜下來後，才可以派人去取呢。」

「不！這條航道常有其他海盜船出沒，要是被他們看到就麻煩了。為免**夜長夢多**，必須儘快把船首像拿下！」

「可是——」

「**大家聽着!**」未待小鷹說完，愛德華已轉身向手下們高聲喊道，「杜蘭德號的船首上有個**黃金雕像**，誰能把它拿下，俺除了賞他**黃金20兩**外，還可完成他一個**心願**!」

海盜們**議論紛紛**，卻沒一個有膽子走出來。

「哼!你們平時最愛**自吹自擂**，現在居然——」

「**我去!**」突然，一個人在人羣中舉起手喊道。

「啊!」小鷹定睛一看，心中不禁赫然，「唐小斯?他不想活嗎?」

杜蘭德號

　　唐小斯大步踏前，向海盜王問道：「如能取得黃金雕像，我可以**恢復自由**嗎？」

　　「唐大哥！」小鷹企圖**出言阻止**，但愛德華舉手一揚，制止她說下去。

　　「恢復自由？看來你在這裏已**悶得不耐煩**了呢。」愛德華冷冷地一笑，「可以啊。如果你能活着把黃金雕像帶回來的話。」

　　「那麼，請借我小艇一用。」

　　海盜們**竊竊私語**，有些佩服唐小斯的勇氣，有些卻認為他只是**逞強好勝**，對他的魯莽**嗤之以鼻**。

但對唐小斯來説，這是個回復自由的好機會。他已被迫當了兩年海盜，其間在海盜身上學會了不同的**搏擊術**，又成為一個能**百步穿楊**的神槍手，並從一個被擄的醫生那兒學習了**醫術**。更重要的是，海盜生涯讓他變得**渾身是膽**。他要學的已學了，現在是回家的時候了。

不一刻，唐小斯已揹上工具包，踏上了下船的繩梯。

但小鷹仍不放心地抓住他問：「唐大哥，你真的要去嗎？很危險呀。」

「我的家人等着我，而且，我也**必須回去復仇**。」唐小斯以**堅定的眼神**盯着小鷹

道，「別擔心，我不會失敗，我一定會完成任

務的！」

「明白了……」小鷹只好鬆開抓着唐小斯的

手，看着他敏捷地攀下**劇烈搖晃的繩梯**，

跳到一隻小艇上。

「唐小斯！加油！」

「不要死呀！」

「一定要把船首像拿回來呀！」

在**鼓勵的呼喊聲**下，唐小斯划着小艇衝

進了**波濤洶湧**的海浪

之中，直往鬼爪岩划去！

愛德華在船頭看着在

巨浪中**載浮載沉**的小

艇，**神色凝重**地低吟：

「他是一個人材，就這樣

葬身大海，實在太可惜了。」

「甚麼……？」小鷹在旁聽到，焦急地問，「唐大哥他……他會葬身大海？」

「在這種巨浪中，要靠岸又談何容易。如果他強行靠岸，只有兩個結果，一是被從岩礁反彈回來的巨浪淹沒，一就是被從後襲至的巨浪推向岩礁，撞個粉身碎骨。」

「爸爸！太可惡了！你明知這樣，為何仍允許他冒險？」小鷹急得**不顧尊卑**地罵起來。

「小鷹，**男子漢大丈夫**生下來就得冒險，何況我們是當海盜的。」愛德華歎道，「唐小斯既然選擇了冒險，就不應阻止，**是生是死**，就看他的造化了。」

這時，小艇雖然已逐漸逼近鬼爪岩，但它在浪尖中**苦苦掙扎**，隨時都會被巨浪吞噬，看樣子已**劫數難逃**。當一眾海盜以為唐小斯必死無疑之際，突然，天空中透出一縷陽光，照亮了黑壓壓的海面。不一刻，**烏雲漸散**，巨浪竟也變得愈來愈弱，海面亦逐漸平靜下來。

「看！唐小斯的小艇靠岸了！」瞭望員興奮地指着前方高呼。

　　「好厲害！他靠岸了！」

　　「嘩！真是個奇跡！」

　　「實在不可思議啊！」

　　「爸爸！唐大哥他……他得救了！」小鷹喜極而泣。

　　「嘿嘿嘿，沒想到老天爺幫了他一個大忙。」愛德華摸了一下大鬍子，罕有地以佩服的語氣道，「這小子不但有勇有謀，還受到幸運之神的眷顧呢！」

登上 鬼爪岩

唐小斯靠岸後，迅速登上了岩礁。這時，他才注意到岩礁下到處都是**木板碎**、**破帆布**和**斷掉的繩索**，看來

都是杜蘭德號的**殘骸**。

「真的是**天助我也**，要不是天氣突然放晴，我和小艇一定會**死無全屍**呢。」唐小斯心中慶幸。

就在這時，「**砰**」的一聲響起，一塊爛木

從高處墜下，剛好擊中他身旁的礁石。他慌忙舉頭往上看去，只見卡在兩座岩礁之間的船首*搖搖欲墜*，看來馬上就要掉下來了。

「糟糕，要是船首掉入海中，要取得船首像就更困難了！」想到這裏，他趕緊把小艇繫好，然後抓住**濕滑的岩石**，一步一步地攀上鬼爪岩。

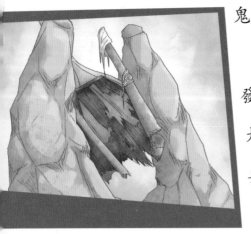

當他攀到岩頂時，卻發現原來船首仍連接着一大塊**殘缺**的甲板，只要把它當作踏腳板，就能接近船首像。不過，他看着殘缺不全的甲板，卻不知道如何前進，因

登上鬼爪岩

為稍一不慎踏空了，就會摔個**粉身碎骨**！

「好，**破解謎題**的時間到了。」桑代克說。

「哎呀！為甚麼老是在故事中途問問題啊？」猩仔抱怨。

「嘿嘿嘿，**緊要關頭**，當然要**賣個關子**啦。」桑代克笑道。

「一邊聽故事，還能一邊**訓練腦筋**，我覺得很好玩呀。」夏洛克拍拍猩仔的肩膊說，「我們一起加油吧！」

「好吧，快點問！我想快點聽故事！」猩仔**鼓起腮子**說。

　　桑代克掏出記事本，在上面畫了一幅平面圖，並問道：「唐小斯發現甲板已經破破爛爛，但他卻必須走到船首（B點）取下黃金雕像。那麼，你們知道他怎樣才能走到 **B點** 嗎？」

　　「最後一步必須是 **左腳** 呢。」夏洛克看着平面圖說，「我知道答案了。」

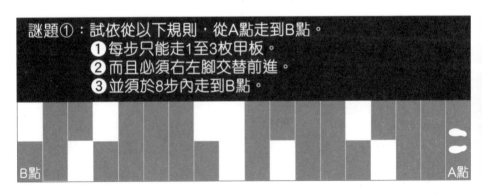

謎題①：試依從以下規則，從A點走到B點。
① 每步只能走1至3枚甲板。
② 而且必須右左腳交替前進。
③ 並須於8步內走到B點。

「等等我啊！你也太快了吧！」猩仔急了。

「只要反過來從**B點**走到**A點**，很容易就

找到答案呀。」夏洛克在記事本

上畫出了答案。

「答對了。」

桑代克笑道，

「你已掌握了

變換思考角度的

要訣呢。」

你能否在8步之內去到B點？不行的話，可以在第84頁找到答案。

「既然答對了，就快點繼續說故

事吧。」猩仔催促。

「你這傢伙，真的完全不肯**動**

腦筋呢。」桑代克沒好氣地說，「算

了，故事還得繼續說下去。聽着，當時，唐小斯

小心翼翼地在甲板上踏出了第一步……」

他一步一步**小心翼翼**地走過破爛的甲板，終於**無驚無險**地去到船首。這時，他才發現船首像**只有頭部用黃金打造**，而其他部分都是由硬木雕刻而成。

「木身並不值錢，只要把頭部運回去就行了。」唐小斯心想，「但話雖如此，鬼爪岩**濕滑不平**，要揹着這麼重的頭像攀下去，恐怕並不可行。」

唐小斯**環顧四周**，看到殘留在甲板上的**滑輪**和**繩索**後，馬上**靈機一觸**：「有辦法了！用滑輪就可以把頭

像輕鬆地運下去了！」

「**滑輪**？

為甚麼要用滑

輪？」夏洛

克禁不住打

斷了桑代克。

「滑輪可用於**槓杆**上，既可省力，又能

改變用力的方向，是用來搬運重物的重要工

具。」桑代克說。

「還用你說嗎？**輪子**裝

在車上，當然可以用來搬

運重物啦！哈哈！你一說我就

明白，我太厲害了！」猩仔**自**

賣自誇。

「哎呀，滑輪雖然是『輪』，但並不是車輪啊！你有跟爺爺乘帆船出海吧？很多船帆都是靠滑輪揚起來的啊。」桑代克說着，

在記事本上畫了一張圖，「來！你們試試在圖上的裝置設置滑輪吧。」

謎題②：畫上繩子，使滑輪能正常運作。
提示：這是一個動滑輪，能省一半力。

「我知道了！這樣就行了吧！」猩仔搶去桑代克的筆記本，在上面畫了一條線，直接把唐小斯和黃金頭像連繫起來。

夏洛克沒好氣地說：「你哪有用滑輪呀？」

「哎呀！我氣力大，根本不需要滑輪嘛。」

猩仔**自以為是**地說。

「就算你力氣大，這樣吊下去的話會令頭像撞到礁石上，一定會把頭像碰撞得**傷痕累累**，海盜王未必肯收貨啊。」桑代克說，「而且，我出的謎題是**必須用滑輪**呀。」

「我**打過井**，滑輪可以這樣用吧？」夏洛克說着在記事本上畫了一條線。

「夏洛克**聰明**多了，而且比起猩仔的方法**節省一半力**。」桑代克讚道。

你知道動滑輪是甚麼嗎？不清楚的話，也可以在第84頁找到答案。

「哼！他氣力不及我，才要用那麼**麻煩的方法**罷了。」猩仔不服氣地說。

巨大海妖

最重要的時刻來臨了，唐小斯馬上開展工作，準備把黃金頭像放到小船上。他利用滑輪和繩索，製作了簡單的**動滑輪**，並把黃金頭像繫在滑輪上。

接着，他抓緊繩索，盡力使頭像**緩緩**往下降。

頭像比唐小斯想像重，但幸好是**潮漲時間**，潮水托着小船緩緩地向滑輪槓杆的下方**靠攏**。唐小斯小心翼翼地調整頭像的下降速度，順利地把它卸到小艇上。

「**成功了！**」唐小斯興奮地攀下鬼爪岩，縱身躍到小艇上。就在這時，**一個黑影**忽然在小艇下方掠過。

「唔？那是甚麼？」唐小斯定睛往水底看去。

突然，「**颼**」的一聲，他的右臂被一根**冰冷又黏糊糊的東西**纏住了。同一瞬間，另一根長長的東西越過他肩膀往他的胸膛襲來。

「甚麼東西？」唐小斯往後一閃，但那東西已把他纏住了。

「**是觸手！**」他慌忙用左手拔出小刀，往纏着他右臂的觸手刺去。

這時，另一根觸手又襲至，它「**颼**」的一下快速纏住唐小斯的身體。

「哇呀！」唐小斯感到**無比的刺痛**，觸手上的吸盤像要**吸光他的血**似的，牢牢地吸

住他的肌肉。與此同時，又有幾根觸手從船下冒出，迅即把唐小斯的雙腿緊緊纏住。

最後，「嘩啦」一聲響起，一個**巨大的圓頭**冒出水面，頭上那對黑色的大眼睛還狠狠地盯着他。

「**啊！**」唐小斯終於知道，襲擊自己的是一條**碩大無朋的章魚**！

「哇！**巨大章魚**嗎？好刺激呀！」猩仔亢奮地高呼。

「但章魚有那麼可怕嗎？」夏洛克**興致勃勃**地問。

「很多水手都把章魚稱作**海妖**，其觸手可長達10米以上。」桑代克解釋説，「但牠們甚少主動襲擊人類，唐小斯遇襲，可能是因為**誤闖大章魚的領土**。」

「哎呀，那個唐甚麼實在太沒用了！假如是我，要避開章魚的觸手簡直就**易如反掌**啊！」猩仔**自吹自擂**地説。

「真的嗎？那就試試吧。」桑代克説着，在記事本寫上一道題。

「**嘿！**

謎題③：如章魚的觸手只可進行直線攻擊，請找出不會被攻擊到的位置。

我來！我來！」猩仔奪過記事本細看。可是，他看來看去，**抓破了頭皮**也想不出答案。

「**時間到！**」桑代克說，「想那麼久，你早已被章魚的觸手<u>拖下海</u>啦。」

「哎呀，可以給多一些時間嗎？」

「章魚的攻擊**快如閃電**，哪有時間讓你慢慢思考。」

找不到的話，可以在第84頁找到答案。

「那麼，那個唐甚麼也不可能避開大章魚呀。」猩仔不服地說。

「沒錯，他也**不能避開**。」桑代克狡黠地一笑，「這只是條考考你的謎題啊。」

「甚麼？」

「桑代克先生的意思是，想用謎題來

戲弄 你一下呀。」夏洛克笑道。

「甚麼？戲弄我？新丁3號，你**太可惡了！**」猩仔抗議。

「哈哈哈，別吵了，先讓我把故事說完吧。」桑代克繼續道，「唐小斯 臨危不亂，他的左手還拿着小刀……」

唐小斯用力刺了章魚的觸手幾下，企圖掙脫 纏繞。但觸手受到刺激反而 纏得更緊 了。更不妙的是，章魚突然伸出另一根觸手，直往唐小斯的左臂抓去！在 千鈞一髮 之際，唐小斯瞥見了章魚那對兇狠的目光，他「嗨」的一聲大吼，使出 扭轉乾坤之力 舉起小刀奮力一插！

剎那間，章魚所有觸手同時鬆開，並「嘩啦」一聲墮回海中。

「贏了！我贏了！我插中了牠的眼睛！」唐小斯大呼幾聲之後，已**筋疲力盡**地倒在艇上喘息。但他還未回過氣來，「啪嗒」一聲響起，一根觸手又抓住了艇邊。

「哇！」唐小斯**大驚失色**，馬上拿起木槳使勁地**亂打亂拍**。

那觸手在痛擊下「唔咚」一聲又掉回海中。

唐小斯這次**不敢怠慢**，馬上拚命划槳離開。他划呀划呀，小艇飛快地駛離**鬼爪岩**，直往安妮女王復仇號開去。就在這時，一陣**響徹雲霄的歡呼**傳到他的耳中。他這才知道，原來船上的海盜們一直看着他的搏鬥，最後更為他擊退大章魚而**歡呼喝采**。

他還看到，小鷹擠在船邊用力地向他揮手，**迎接他勝利歸來**……

「嗚——嗚——嗚——」這時，渡輪的氣笛聲響起。

「完了？」夏洛克意猶未盡地問。

「完了。」桑代克答。

「唐小斯最終離開了海盜船嗎？」

「離開了。他踏上了**尋寶之路**。」桑代克看着對岸逐漸接近的碼頭，淡淡然地應道。

「快說！快說！**尋寶**的故事一定又驚險又有趣！」猩仔吵着說。

「但尋寶過程要**動很多腦筋**的啊。你真的想聽嗎？」

「動腦筋嗎？哈哈哈！**太簡單了！**」猩仔信心滿滿地說。

「你好像很有**自信**呢。」

「當然囉！」猩仔**狡猾地**一笑，用拇指指着身後的夏洛克說，「腦筋嘛，由新丁1號去動吧。我是團長**吃點虧**，只聽故事就行了。」

聞言，桑代克和夏洛克腿一歪，幾乎同時**摔倒在地**。

解謎篇

謎題①

正如夏洛克提示，從B點回到A點會比較容易。

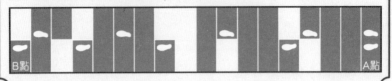

謎題②

正確方法如右圖。利用動滑輪的原理，只需要一半力氣就能把黃金頭像運下去了。

謎題③

根據觸手的方向畫出不同直線，就能發現只有藍圈的位置能夠躲開全部攻擊。如果你能在短時間內找出來，就證明你腦筋轉得很快呢。

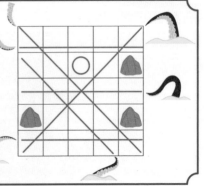

手繪藏寶圖

「嗚——嗚——嗚——」渡輪的氣笛聲喚醒了唐泰斯昔日海上冒險的記憶。從水手生涯，到無辜入獄；從逃獄，到成為了海盜王的手下；再到現在化身成私家偵探桑代克。他的人生就像潮水一樣，總是**一波未平一波又起**。即使這刻享有片刻安穩，但為了對付最大的仇人**維勒福**，他心中知曉，未來的人生將仍會波濤洶湧。

「喂，新丁3號你發甚麼呆，快點說那個唐甚麼的尋寶故事吧。」猩仔的叫聲把桑代克從回憶拉回現實。

「喂，你太沒禮貌了！」夏洛克提醒。

「哈哈哈，要猩仔懂禮貌，簡直就是緣木求魚啊。」桑代克笑道，「好！讓我繼續說吧。唐小斯雖然受到海盜王的阻撓，但在小鷹的暗中協助下，終於跳船逃離海盜船。他帶着一張連海盜王也不知道的藏寶圖，隻身踏上了尋寶之旅。」

「連海盜王也不知道的藏寶圖？那是甚麼？」猩仔驚訝地問。

「那……是一位唐小斯非常敬重的人送給他

的。」桑代克**若有所思**地憶起了那位影響他一生的人——**M先生**。

「乾爹……在最絕望的日子裏，全靠你的**鼓勵與教誨**，我才重新站起來。現在，我終於真正地自由了。你臨終時交給我的這張藏寶圖，也終於可以發揮作用了。」唐小斯上岸後躲在街角的暗處，拿着藏寶圖仔細檢視。他記得，上一次細看這張圖，已是兩年前**流落荒島**的那段日子了。上了海盜船後，為免被海盜們奪去，他一直都不敢拿出此圖來細看。

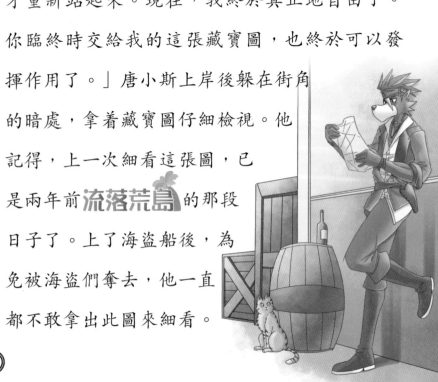

「我一定不會**辜負**你
對我的期望，把寶藏找出來
的。可是……」唐小斯盯着那
張久未細閱的手繪地圖，不禁
感到疑惑，「乾爹明明說這
是藏寶圖，為何地圖上卻**沒有標記**收藏寶藏
的地點呢？難道當中隱藏着甚麼**玄機**？」

　　唐小斯認得，地圖上顯示的是英法一帶的海
域。然而，任他**橫看豎看**，都沒發現特別標
註的地方。

　　「難道乾爹用了**檸檬汁**
當墨水，要烤一下才能看到
字？」唐小斯想到這裏，馬上
劃了一枝火柴，點着一些乾柴
小心翼翼地烤起來。可是，烤了一會，地圖

上仍然一點變化也沒有。正當他想放棄時，卻發現地圖背後竟然現出了**三柄劍**和**三個小箭頭**！

「這⋯⋯這一定是與藏寶地點有關的提示！可是，乾爹為何把提示寫在地圖背後呢？」他把地圖**翻來覆去**地檢視，突然**靈機一觸**，「原來如此！我明白了！」

「明白？明白甚麼？」猩仔緊張地問。

「當然是明白藏寶圖**暗藏的玄機**啦。」桑代克說。

「可是，你剛才說它只是一張手繪地圖，並沒有標示藏寶地點。」夏洛克想了想，「難道⋯⋯那**三柄劍**和**三個小箭頭**能夠標示藏

寶地點？」

「正是如此。」桑代克說着，拿出了一張發黃的地圖，「這就是唐小斯的藏寶圖。」

桑代克把藏寶圖反過來，讓夏洛克和猩仔看到藏寶圖的背面，畫有三柄劍。每柄劍都指着不同方向，而且劍柄也各有不同。藏寶圖的其中三個角落，還有三個小箭頭各自指向紙角尖端。

「藏寶圖的正面是地圖，而背面就是這樣子。」桑代克把藏寶圖遞給了夏洛克，「你能

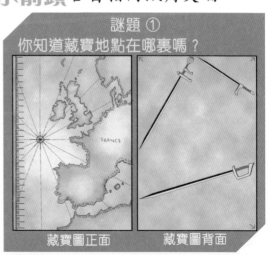

謎題 ①
你知道藏寶地點在哪裏嗎？

藏寶圖正面　　藏寶圖背面

夠憑這些劍和小箭頭找出藏寶地點嗎？」

「等等！為甚麼唐甚麼的藏寶圖會在你手上的？」猩仔大吃一驚。

「天機不可洩露。」桑代克狡黠地一笑道。

「甚麼天機，你解釋清楚呀。」猩仔不滿地説。

「你是不是因為解不開謎題，所以執着於這種小地方來轉移視線？」桑代克挑釁地説。

「哼！我怎會解不開？劍……是暗示把紙張斬開嗎？」猩仔探頭過來問。

「不會吧？哪有人會用劍來

斬開紙張的。」夏洛克並不同意。

「嘿嘿嘿，你們應該先留意劍柄喔。」桑代克提示。

「劍柄嗎？」夏洛克慌忙仔細地檢視。

可是，猩仔已急不及待地喊道：「哇哈哈！太簡單了！」

「啊？難道你已發現箇中秘密？」桑代克問。

「當然！劍柄的英文是hilt，只要在地圖上找到名叫『Hilt』的地方，就是藏寶地點啦！」猩仔自鳴得意地説。

「嘿嘿嘿，可惜的是，地圖上並沒有這個名稱的地方呢。」桑代克説。

「是嗎？豈有此理！那麼，我只好出絕招

「拉屎功，把答案拉出來！」猩仔大叫「唏」的一聲，作勢紮好馬步，眼看一個響屁就要爆出之際——

「且慢！我知道了！」夏洛克慌忙一腳踹向猩仔的屁股。

「嘭」的一聲，猩仔被踢得人仰馬翻，像滾地葫蘆般打了幾個跟頭後倒在地上。

「嗚啊！痛死我了！」猩仔按着自己的屁股大叫。

「是 FOLD 的意思！」夏洛克向桑代克叫道，「全靠猩仔說劍柄的英文

FLD
↓
FOLD

是hilt，我才注意到劍柄的形狀其實能組成英文

單詞**FOLD**！」

「嘿嘿嘿，你很用心觀察呢。」桑代克笑

道，「那麼FOLD又代表甚麼呢？」

「是『**折起來**』的意思吧？」夏洛克說。

「『折起來』？即是怎樣？」猩仔一邊擦着

屁股，一邊站起來問。

「即是這

樣。」夏洛克把

紙張折了三下，

「你看！**三個**

箭頭都指向同

一位置了！」

「真的呢！這肯定就是藏寶地點！」猩仔雀

躍萬分。

試試製作一張藏寶圖去尋找答案吧。不方便的話，也可以在第131頁找到答案。

「沒錯。唐小斯也看破了**箇中奧妙**，他把藏寶圖折三折後，就發現了藏寶地點。不過，尋寶過程**離奇曲折**，唐小斯遇上了不少困難……」桑代克收起紙張，把故事接着說下去。

唐小斯划着**小船**，發現前方有一個小島。這個島太細小了，一般的地圖並沒有顯示它的位置，看來是**藏寶的好地方**。

「真的是這裏嗎？」唐小斯對照了一下藏寶圖，確定位置沒錯後，就用力地划近小島。可是，愈接近他就愈感到疑惑。因為，島上只有一片不大不小的**灌木叢**和一座**巨岩**，別說是寶藏，就連一個人也沒法在島上躲藏起來呢。

「附近只是**一望無際**的海洋。假如我沒弄錯藏寶圖的提示，一定就是這個小島呀。」

唐小斯**別無選擇**，只好先登島探索。

他在**灌木叢**中找了一會，並無發現寶藏。於是，他撥開灌木走近那座巨岩，然後，他又繞着巨岩走了一圈，但依然毫無發現。正感到有點**沮喪**之際，忽然，他注意到巨岩下方的泥土輕輕地顫動了幾下，接着，一隻**小地鼠**從泥土中探出頭來，以好奇的目光注視着他。

「唔？好可愛的小地鼠呢。」唐小斯想起口袋中有幾塊**曲奇**，就掏出一塊扔了過去。

小地鼠看了看地上的曲奇，又看了看唐小斯，好像在**猶豫**好不好冒險去拿。

「吃吧，我不會傷害你的。」雖然明知小地鼠聽不懂，但唐小斯也親切地說了。

小地鼠伸長鼻子，向不遠處的曲奇嗅了嗅。突然，牠猛地竄出，以**迅雷不及掩耳**的速度一口咬住曲奇，再回身一竄，又鑽回泥土中去，消失了蹤影。

「哈！看來牠肚子餓了呢。」唐小斯笑了笑，正想轉身離去時，突然，那隻小地鼠又從泥土中鑽了出來。這次，牠的小嘴中還叼着——**顆發亮的東西**。

「唔？那是甚麼？」唐小斯感到**疑狐**。

這時，小地鼠「嗖」地竄到唐小斯腳下，迅速吐出嘴中的東西後，又「嗖」的一下退回原處。

唐小斯俯身撿起那顆東西一看，不禁大吃一驚：「這……這不是顆鑽石嗎？」

「吱、吱、吱！」小地鼠朝唐小斯高聲尖叫幾下，然後又鑽到泥土中去。但牠迅即又鑽出來，奮力地用後腿撥開泥土，似是在向唐小斯召喚。

「難道——」

唐小斯慌忙走過去，撿起枯枝拚命地挖。不一刻，他就在巨岩下方挖

出一道可容**一個人側身通過**的**狹縫**。

「難道寶藏就埋藏在下面……？」唐小斯遲疑了一會，決定跟着小地鼠鑽進縫隙內**一探究竟**。他側着身子，**小心翼翼**地避開**凹凸不平**的岩壁，一步一步地跟着前方的小地鼠緩緩前進。

他往下走着走着，不一會，縫隙突然變闊了。巨岩內原來**別有洞天**，藏着一個隱蔽的空間。

唐小斯擦了一根**火柴**，點亮了一根**蠟燭**。在燭光照射下，他發現洞內除了石頭，還是石頭，沒甚麼特別顯眼的東西。不過，他發現一堵牆上，刻着一團**散亂**、形狀又似一個**圓球**的英文字母。

「這是甚麼？」唐小斯自言自語。

「吱、吱、吱！」小地鼠像回答他似的，發出尖亮的叫聲。

「謝謝你，但我不知道你說甚麼啊。」唐小斯謝過小地鼠後，再往那團字母看去。這時，

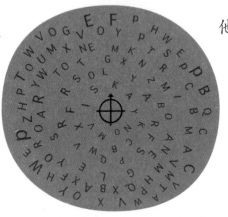

他留意到那些字母的中心有一個羅盤似的符號，跟藏寶圖上的那個羅盤符號如出一轍。

「難道要用藏寶圖來破解這個謎題？」唐小斯心想，「我明白了。乾爹是個聰明人，他一定是想以謎題來防止寶藏被別人偷走。所以，要解開這個謎題，就必須利用藏寶圖！」

機關重重的洞穴

「原來要用藏寶圖來 **破解謎題**，但怎樣用呢？」夏洛克問。

謎題②：請找出藏寶圖中不尋常之處。

「這個嘛，直接說出來太沒趣了。不如你們也來試試破解這道謎題吧。」桑代克打開藏寶圖說，

「來！看看這張地圖有何 **不尋常之處**。」

「甚麼不尋常之處呀？」猩仔一手奪過藏寶圖細看。

「嘿嘿嘿，你懂得看地圖的話，只要**睜大眼睛**就能看出來啊。」桑代克笑道。

「真的？」猩仔慌忙把眼睛睜得大大的，死死地瞪着地圖。可是，

他瞪得**眼白佈滿了血絲**也找不到答案，只好晦氣地說，「哼！只是張沒用的破地圖罷了，用來**抹屁股**也嫌它**粗糙**呢！」說罷，他把地圖一塞，塞到夏洛克的手上。

夏洛克接過地圖耐心地檢視，不一刻，他眼前一亮：「呀！圖上的<u>比例尺</u>好像有點不對。」

「嘿！終於給你發現了呢。甚麼地方不對？」桑代克問。

「一般地圖的比例尺都是黑白相間，以固定距離作單位的。但這張地圖的比例尺每個刻度都一樣，就像一把普通的尺子。」夏洛克道破箇中秘密。

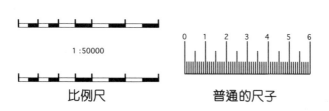

1 : 20000

1 : 50000

比例尺　　　　　　　　普通的尺子

「你很眼利，觀察力很強呢。」桑代克讚道。

「我已睜大了眼睛來看啊，怎麼看不出來呢？」狸仔對桑代克的稱讚不以為然。

「嘿嘿嘿，你只是一般地看，並不是有目的地觀察，就算眼利也看不出來啊。」

「可是，這跟牆上的英文字母又有甚麼關連呢？」夏洛克問。

「問得好！」桑代克說，「唐小斯就是憑這把『尺』，在那團英文字母中，找出了 TRIANGLE STONE 這兩個單詞。這——就是找到寶藏的關鍵了！」

你知道怎樣利用藏寶圖當作尺子，從那團英文字母中找出 TRIANGLE STONE 這兩個單詞嗎？不明白的話，請嘗試把地圖尺子當作圓形的半徑，在英文字母中尋找吧。仍找不到的話，請看第131頁的答案。

「三角形石頭（TRIANGLE STONE）……？」唐小斯用藏寶圖解開謎題後，隨即在洞內探索。果然，他在其中一堵石壁上找到了一塊三角形的石頭。

「難道這是啟動機關的按鈕？」想到這裏，他用力按了下去。

突然，「隆隆」之聲響起，嚇得小地鼠「吱」的一下驚叫，並掉頭一竄，不知道逃到哪兒去了。這時，隨着「隆隆」的聲響，石牆已緩緩地開啟，露出了後面的一條通道。

「好厲害的機關！乾爹的**智慧**與**工藝**實在了不起！」唐小斯讚歎着走進了通道，來到一個與剛才**截然不同**洞穴。

他發現入口旁邊有一道上了鎖的大門，門上掛着10把厚重的**精鋼鎖**。此外，洞穴內還有

10根椿柱，每根椿柱均以鐵板相連。而椿柱之下則是**洶湧**的**波濤**，一個不小心摔下去的話，必定**葬身大海**。

「**鑰匙**在椿柱上嗎？」唐小斯瞇起眼睛，看到每根椿柱上都掛着一塊**繫着鑰匙的木牌**，看來只要把椿柱的鑰匙收集起來，就能打開大門。

「走近一點看看吧。」唐小斯走向最接近自己的椿柱，沒想到甫一踏足鐵板，鐵板隨即「喀」的一聲響起！

「甚麼？」唐小斯大吃一驚，慌忙**一個箭步**衝到第一根椿柱上。他回頭一看，這時鐵板已經從中間分開，正墮向洶湧的波濤之中。看來，他已**沒法原路折返**了。

「原來如此。」唐

小斯自言自語，「這些鐵板設有機關，只能通過一次，也就是說，我必須在**不走回頭路**的情況下，走遍這10根椿柱拿下鑰匙並返回大門所在。」

「好！來吧！」唐小斯**深呼吸**了一下後，馬上大步衝向第二根椿柱。

「那麼，他有沒有**失足**掉到海中？」猩仔緊張地問。

「他不會吧？對嗎？」夏洛克也擔心地向桑代克問道。

就在此時，渡輪輕輕地**震動**一下。原來，

在**不經不覺**之間，船已經靠岸了。

「**渡輪泊岸**了，我們下船再說吧。」桑代克揚起長長的外衣，跟着下船的乘客走過渡輪放下的踏板，登上了碼頭。

「喂，別走那麼快呀！故事還未完呀！」猩仔緊隨其後喊道。夏洛克見狀，也馬上跟了上去。

桑代克一步出碼頭，就看到地上剛好有個以粉筆畫成的「**跳飛機**」遊戲。於是，他拾起地上的**粉筆**，在地上繪出了他剛才所說的椿柱場景。

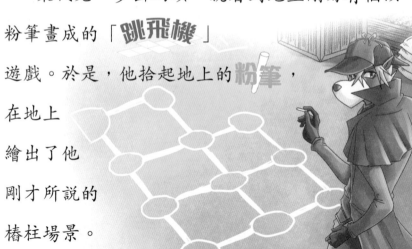

起點

謎題③：請在不走回頭路的情況下，走遍10根樁柱再返回起點。

「來！」桑代克拍掉手上的**白粉**，向追趕而至的猩仔兩人説，「你們試試在**不走回頭路**的情況下，走遍這10根樁柱並返回起點吧。唐小斯成功了，你們能成功嗎？」

「甚麼？又要破解難題嗎？太沒趣了，不如去吃個**茶點**再回來玩吧。」猩

仔吃吃笑地提議。

「傻瓜！這不是玩，這是一種**訓練**。你不

112

是想當**蘇格蘭場警探**的嗎？連這種難題也

破解不了，怎當警探呀！」桑代克斥責。

「哎呀，警探也要**吃東西**呀。」猩仔理所

當然地反駁，「不吃得

飽飽的，連屁也放不響

啊！」

「好吧，如果你

能解開這道難題的話，就請你去吃**倫敦最好**

的茶點吧。」桑代克說。

「真的？你的茶點我吃定了！新丁1號別

插手啊！」貪吃的猩仔一躍，佔據了起點的位

置。可是，他看着那幅由「**樁柱**」組成的路線

圖，卻一點頭緒也沒有。

夏洛克**看不過眼**，就說道：「你可以——」

「你千萬**不要插手**呀！」猩仔說，「不

過，我允許你插一下嘴。說！第一步應該向左還是向右走？」

聞言，夏洛克和桑代克兩腿一歪，幾乎同時摔倒在地上。

「哎呀，左或右也沒關係啊。」夏洛克沒好氣地說，「反正最後必須回到起點，而且又不能走回頭路。所以，起點左右兩根椿柱都一定會通過的，儘管試試吧。」

「原來如此！那麼我來試試吧。」猩仔用力一躍，從一根椿柱躍到另一根椿柱。接着，又一蹦一躍，躍到另一根椿柱。

就這樣，他已走過了幾根椿柱。

你能否不走回頭路下返回起點？不行的話，可以在第131頁找到答案。

然而，他忽然又回過頭來說：

「哈！我實在**太敏捷**了，連走過哪些椿柱也忘了呢。」

聞言，桑代克兩人腿一歪，差點又氣得摔倒地上。最後，猩仔試了足足**十多分鐘**，才終於**氣喘吁吁**地完成了遊戲。

「**呼……呼……**」猩仔用力地喘着氣說，「我走對了吧……你……你欠我一頓最好的茶點了。」

「你幹得不錯，待我先把故事說完吧。」桑代克笑道。

世上最富有的人

「好！這是**最後一條鑰匙**了。」唐小斯成功取得10條鑰匙後，打開了厚重的大門。但沒料到，門的後面又是另一個洞穴。

這個洞穴跟前面兩個又有所不同。這個洞穴非常狹窄，地板上劃分成**54格**，每格均刻有**漩渦形的圖案**。此外，洞穴兩邊的牆身還有無數小洞，看來暗藏着甚麼機關。

「這些圖案是甚麼意思呢？」唐小斯小心翼

翼地踏上其中一格，沒料到那格地板**隨即下沉**。同一剎那，更「**嗖**」的一聲，一支利箭飛插而至。

「甚麼？」唐小斯大吃一驚，慌忙側身一閃。

「**呼**」的一下，利箭剛好從他的耳邊掠過。

「看來踏錯地板就會令牆上的小洞射出**暗箭**，太危險了。」唐小斯**心有餘悸**地呢喃，「這次幸好避過，但不代表下次也可以。我必須找出**正確的**路線才行。」

這時，唐小斯留意到在對面的門頂上有一組**漩渦圖案**，看來與地

板的圖案有所關連。

「原來如此！」唐小斯靈機一

觸，「原來是要依那個**漩渦順序**去找出安全

的路線！」

「那個地板其實是這樣子的。」桑代克再一

次用**粉筆**在地上畫起來，接着，並說出了以下

一道謎題。

謎題④：請依門上漩渦圖案的次序前進，直至到達終點為止。

「哇，這些是甚麼啊？看得我**頭暈眼花**了。」猩仔說着，兩顆眼珠不斷在眼眶裏打轉，然後，整個人「**啪嗒**」一聲就倒在地上，昏過去了。

「哈哈哈！就讓這傻瓜睡一下吧。」桑代克被猩仔的**誇張動作**逗笑了，「夏洛克，你呢？你怎樣看？」

「乍看之下，會以為有4種**漩渦圖案**，實際上只有3種。所以，門上漩渦的次序是『1、2、2、3』，而非『1、2、3、4』。」夏洛克用神地看着地板說。

「真眼利！沒錯，只要按漩渦次序找出安全路線，『1、2、2、3、1、2、2、3』地前進，就能順利到達終點，又不觸及機關了。」桑代克説。

「不過，的確很容易看得頭暈眼花呢。」夏洛克搓了搓眼睛説。

「其實，為3種漩渦圖案塗上不同顏色，分辨起來就容易得多了。」

「原來如此。你可以把粉筆借給我嗎？」夏洛克靈機一觸，用粉筆為三種圖案加上交叉和橫線，整張圖馬上清晰起來，「這樣就能走到終

點了。」

「很不錯啊，沒想到你這麼快就能完成。」

「這也是全靠你的提示罷了。」夏洛克 謙虛 地說。

「猩仔，別假裝昏迷了。不想聽故事嗎？」桑代克踢了一下猩仔的屁股說。

「我沒假裝！我是 真昏迷 呀！不過，你的故事太好聽了，你一說我就醒了！」猩仔一個翻身彈了起來，恬不知愧 地說。

唐小斯 安然無恙 地走過那些漩渦圖案地板，走進了另一個洞穴內。第一眼映入唐小斯

你有沒有玩得頭暈眼花呢？想不到答案的話，就到第131頁找答案吧。

眼簾的是**大量精美的象牙**，它們都被精心雕成一個又一個的藝術品，形成了一小座白色的美術館。

「實在是太漂亮了。光是販賣這些象牙，估計就能享受一輩子的**榮華富貴**。」唐小斯在海盜生涯中見過無數寶物，但如此**壯觀瑰麗**的場面，他還是第一次看到。

「裏面還有很多箱子呢。」唐小斯看到象牙後面擺放着數以十計的大寶箱，其中一些更滿得關不上蓋子。**金幣**、**寶劍**和**首飾**等名貴

物品堆滿地上。

「這些是甚麼金幣？我從未看過呢。」唐小斯舉着蠟燭走過去，隨手抓起了一些金幣。

「刻着的都是**希伯來文**？從重量看來是真金呢。」他粗略地點算了一下，發覺每箱至少有兩千枚金幣，隨便拿走一箱也足以令他終生**衣食無憂**。

「怪不得乾爹當年常常說可用五六萬鎊來換取自由了，原來對他來說只是**九牛一毛**。」唐小斯回想起乾爹的生前樣子，不禁感觸起來，「他常說自己**家財萬貫**，我也從沒當是真的，還以為他痴人說夢，老得迷糊了。現在看來，糊塗的人是我自己呢。」

「吱、吱、吱！」突然，幾下熟悉的尖叫響起。

「啊？是小地鼠在叫？」唐小斯往叫聲來處看去，只見小地鼠在三個**石箱子**前面轉來轉去，仿似要喚他走過來似的不斷吱吱叫。

他舉起蠟燭走近後，看到其中一個箱子半開着，裏面更發出**陣陣刺眼的**銀光。

「這……這些是？」唐小斯不禁彎腰抓起一把細看，不禁**倒抽一口涼氣**，「啊！這……這些是**鑽石**！」

「吱、吱、吱！」小地鼠在他腳下竄來竄去，不斷發出刺耳的叫聲。

「我知道了，謝謝你。」唐小斯激動地蹲了下來，喘不過氣地說，「我……我現在已成為**世界上最富有的人**了。」

「那個唐甚麼把**所有寶物**都帶走了嗎？」猩仔緊張地問。

「寶藏的數量實在太多了，唐小斯沒法一下子全部帶走。」桑代克說，「不過，他後來買了一**艘帆船**，分了幾十次把寶藏全部運離荒島。」

「那麼，他現在已是**世界知名的富豪**了？」猩仔好奇地問。

「不，他**行事低調**，**不愛炫耀**，並沒有人知道他是**家財萬貫**的富豪。」

「那麼，那隻小地鼠呢？他有沒有把牠帶離

荒島？」夏洛克問。

聞言，桑代克瞇起眼睛看着夏洛克，心想：「沒想到他對寶藏**毫不關心**，竟然問起那隻小地鼠來。看來，這小子跟**他的母親**一樣，都有一顆**善良的心**呢。」

「那隻小地鼠嘛……」桑代克若有所思地答道，「我本來是想把牠帶走的，但想到那**荒島就是小地鼠的家**，把牠帶走的話，等於要牠**背井離鄉**，其實是很殘酷的事。所以，我最終也沒有把牠帶走。」

「『我』？」夏洛克感到奇怪，「桑代克

先生，你剛才為甚麼說『**我**』？」

「啊⋯⋯哈哈哈！」桑代克慌忙**假笑幾聲**辯解，「我太過投入這個故事了，竟在不知不覺間代入到唐小斯的角色中去呢。」

「原來如此⋯⋯」夏洛克**似懂非懂**地點點頭。

「好了！時間不早了，我要走啦。**後會有期**！」桑代克為免**露出馬腳**，慌忙一個轉身，就走進碼頭的人羣之中消失了。

「**尋寶**！**尋寶**！**尋寶**！我也要去當冒險家去尋寶呀！」猩仔仍沉醉在寶藏的故事之中，興奮得**大蹦大跳**。

「冒險家？你不是要去當蘇格蘭場幹探，**懲惡懲奸**的嗎？」夏洛克問。

「呀！差點忘了，我的志願確是要當蘇格蘭場幹探。」猩仔狡黠地一笑，「不過，當個**富豪級的幹探**也不錯呀！」

「富豪級的幹探嗎？去發你的**白日夢**吧。」夏洛克沒好氣地說，「不過，發完夢後別忘記一件**重要的事**啊。」

「重要的事？」猩仔想了想，霎時猛地記

起，「哎呀！太可惡了！桑代克先生還**欠我一頓全倫敦最好的茶點**呀！」

說罷，他已奔進人羣之中，往早已消失了的桑代克追去。

「我不是這個意思呀！」夏洛克向猩仔的背影大喊，「我是指你忘了**為爺爺送信**呀！」

謎題①

三把劍柄上隱藏着組成「FOLD」的四個英文字母，是提示大家要把紙折起來。只要沿着三把劍的方向，把紙張三邊都折向藏寶圖的正面，就會看到三個箭頭都指向同一位置，那裏就是藏寶地點了。

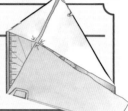

謎題②

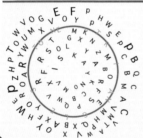

破解方法非常簡單，只要把藏寶圖放在那團圓形字母的中心，把它當作半徑畫出一個圓形，就會發現圓形的邊線觸及的英文字母可連結成為兩個單詞（TRIANGLE STONE）了。

謎題④

正如桑代克所說那樣，只要用顏色分類，破解謎題就會容易得多了。

謎題③

先選擇從1號椿柱開始的話，因為已經肯定要走到3號椿柱，相對上容易完成謎題。

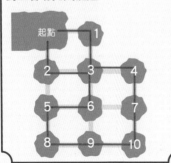

大偵探福爾摩斯 實戰推理系列

SHERLOCK HOLMES

M先生的寶藏 ❹

原案&監修 / 厲河　小說&繪畫 / 陳秉坤
(《黃金船首像》改編自維克多・雨果的《Toilers of the Sea》)

着色 / 陳沃龍、徐國聲　封面設計 / 陳沃龍　內文設計 / 麥國龍、葉承志
編輯 / 郭天寶、蘇慧怡、黃淑儀

出版
匯識教育有限公司
香港柴灣祥利街9號祥利工業大廈2樓A室

想看《大偵探福爾摩斯》的
最新消息或發表你的意見，
請登入以下facebook專頁網址。
www.facebook.com/great.holmes

承印
天虹印刷有限公司
香港九龍新蒲崗大有街26-28號3-4樓

發行
同德書報有限公司
九龍官塘大業街34號楊耀松（第五）工業大廈地下
電話：(852)3551 3388　傳真：(852)3551 3300

購買圖書

第一次印刷發行　　　　　　　　　　　　2022年4月
第二次印刷發行　　　　　　　　　　　　2022年10月
©Lui Hok Cheung　　　　　　　　　　　　翻印必究
©2022 Rightman Publishing Ltd. All rights reserved.

ISBN:978-988-75650-5-5
港幣定價 HK$60
台幣定價 NT$300

發現本書缺頁或破損，
請致電25158787與本社聯絡。

網上選購方便快捷　購滿$100郵費全免
詳情請登網址 www.rightman.net